· 中国现代经典新诗集汇校本丛书 ·

鱼目集

卞之琳　著

向阿红　汇校

金宏宇　易彬　主编

长江出版传媒　长江文艺出版社

图书在版编目（CIP）数据

鱼目集 / 卞之琳著 ; 向阿红汇校. -- 武汉 : 长江
文艺出版社，2024. 12. --（中国现代经典新诗集汇校本
丛书 / 金宏宇，易彬主编）. -- ISBN 978-7-5702-3785-
2

Ⅰ. I226

中国国家版本馆 CIP 数据核字第 2024QA7935 号

鱼目集

YUMU JI

责任编辑：孙　琳　　　　　　　　责任校对：程华清

封面设计：胡冰倩　　　　　　　　责任印制：邱　莉　丁　涛

出版：　长江出版传媒　长江文艺出版社

地址：武汉市雄楚大街 268 号　　　邮编：430070

发行：长江文艺出版社

http://www.cjlap.com

印刷：中印南方印刷有限公司

开本：640 毫米×960 毫米　　1/16　　印张：5.5

版次：2024 年 12 月第 1 版　　　　2024 年 12 月第 1 次印刷

行数：2075 行

定价：24.00 元

汇校说明

在新诗史上，卞之琳是一位具有自觉哲学意识的诗人。出版于1935年的《鱼目集》是卞之琳的第二部新诗集。卞之琳曾用"小处敏感，大处茫然"来概括这一时期的自己，他确实"茫然"于时代风云，对艺术却高度敏感而热情，被人们称作最醉心于新诗技巧与形式试验的艺术家。《鱼目集》中的作品，集中体现了卞之琳的艺术风格，在新诗和整个现代文学的发展史上占有重要的地位。这个汇校本，希望能对《鱼目集》和卞之琳整个文学创作的研究有所裨益。

一、《鱼目集》的版本较多，作者的改动也较大，主要有以下几种：

（1）初版本。1935年12月，由上海文化生活出版社出版，系巴金主编的"文学丛刊"第一辑的第十六册，初名为《芦叶舟》，选入"文学丛刊"时改名为《鱼目集》，收入卞之琳1930年至1935年间所作诗歌作品29首。该诗集共分为五辑，每辑按顺序分别收录的诗歌数量为7首、4首、6首、7首、5首，书前有一篇《题记》。初版本是平装本，定价二角。

（2）再版本。1936年3月，商务印书馆出版精装再版本，精装再版本实价为三角五分。

（3）三版本。1937年2月，上海文化生活出版社出版。

（4）四版本。1940年9月，上海文化生活出版社出版。

（5）诗选本。1942年5月，桂林明日社出版了诗人的第一本诗选《十年诗草》。该诗选共收入《鱼目集》中15首诗作，分别是《墙头草》《圆宝盒》《断章》《寂寞》《航海》《音尘》《奈何》《西长安街》《傍晚》《寒夜》《落》《倦》《春城》《归》《距离的组织》，部分作品进行了改动。

（6）诗选本。1979年9月，人民文学出版社出版了《雕虫纪历》初版本，收入《鱼目集》初版本中14首诗作并作了较大改动，分别是《傍晚》《寒夜》《酸梅汤》《叫卖》《过节》《苦雨》《西长安街》《路过居》《墙头草》《春城》《距离的组织》《断章》《寂寞》《音尘》。

（7）诗选本。1982年8月，三联书店香港分店出版了《雕虫纪历》增订本。增订本所选《鱼目集》中的作品基本保留了1979年版《雕虫纪历》中的原貌。除此之外，又增收9首诗作并作了部分修改，共收23首，分别是《傍晚》《寒夜》《酸梅汤》《叫卖》《过节》《苦雨》《西长安街》《路过居》《墙头草》《春城》《距离的组织》《断章》《寂寞》《音尘》《奈何》《群鸦》《落》《中南海》《倦》《入梦》《归》《圆宝盒》《航海》。

（8）诗选本。1984年6月，人民文学出版社出版了《雕虫纪历》再版本。再版本所收《鱼目集》中的诗作在篇目和内容上与1982年版几乎无差别，共收23首，分别是《傍晚》《寒夜》《酸梅汤》《叫卖》《过节》《苦雨》《西长安街》《路过居》《墙头草》

《春城》《距离的组织》《断章》《寂寞》《音尘》《奈何》《群鸦》《落》《中南海》《倦》《入梦》《归》《圆宝盒》《航海》。

二、《鱼目集》单行本不同版本之间几乎无改动，它的改动主要在该诗集中的部分诗作被选录到卞之琳的不同诗选中时，作了较大幅度的修改。本书以《鱼目集》1935 年 12 月初版本为底本，并用上列 1942 年版《十年诗草》，1979 年版、1982 年版及 1984 年版《雕虫纪历》进行校勘。体例如下：

（1）凡文本中有字、词改动者，用引号摘出底本正文，并将其他版本中改动之处校录于后。凡整句有改动者，校文中则不摘出底本正文，以"此句……"代替。凡整篇有改动极大者，校文中直接附各版本全篇修改稿。

（2）校号①②③……一般都标在所校之文末。汇校部分一律采用脚注的形式，并且每页重新编号。

（3）初版本中部分诗歌，未结集之前已在当时发表于各种报刊上，这些初刊本与结集之后的版本多有出入，因此在进行版本汇校时，将初刊本也纳入汇校中。

三、校勘之事，往往事倍而功半，虽然细心、耐心，亦难免窜误、遗漏。不足、错误之处祈请读者批评指正。

发表篇目统计表

篇目	发表刊物
《圆宝盒》	《文学季刊》（北平）1935 年第 2 卷第 4 期，第 972 页。
《寒夜》	《诗刊》1931 年第 2 期，第 87—88 页。
《噩梦》	《诗刊》1931 年第 2 期，第 81—82 页。
《群鸦》	《诗刊》1931 年第 2 期，第 36—37 页。
《奈何》	《诗刊》1931 年第 3 期，第 60—61 页，发表时标题为《黄昏》。
《酸梅汤》	《新月》1932 年第 4 卷第 3 期，第 80—81 页。
《苦雨》	《朔风》（北京 1938）1939 年第 6 期，第 36 页。
《墙头草》	《国民杂志》（北京）1941 年第 2 期，第 30 页。
《路过居》	《清华周刊》1933 年第 39 卷第 5、6 期，第 473—475 页。
《过节》	《国民杂志》（北京）1941 年第 2 期，第 26 页。
《倦》	《大公报》（天津）1933 年 9 月 23 日〔0012〕版。
《归》	《益世报》（天津版）1935 年 5 月 1 日〔0011〕版。

（续表）

篇目	发表刊物
《春城》	《文学季刊》（北平）1934 年第 1 卷第 3 期，第 56—57 页。
《发烧夜》	《大公报》（天津）1934 年 4 月 18 日〔0012〕版，发表时标题为《发烧夜 Rhapsody》。
《落》	《创化》1932 年第 1 卷第 3 期，第 115 页。
《西长安街》	《诗刊》1932 年第 4 期，第 92—93 页，发表时标题为《长的是——》。

汇校版本书影

1935年12月《鱼目集》初版本
上海文化生活出版社

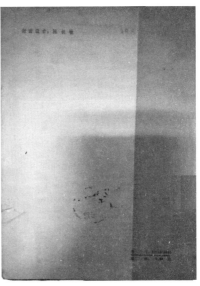

1979年9月《雕虫纪历》初版本

人民文学出版社

卞之琳

雕蟲紀歷

1930—1958

（增訂版）

生活·讀書·新知 三聯書店

書　　名　雕蟲紀歷（增訂版）
作　　者　卞之琳
責任編輯　盛美娣
封面設計　曹辛知
出版發行　生活·讀書·新知 三聯書店香港分店
　　　　　香港域多利皇后街九號
　　　　　JOINT PUBLISHING CO. (Hong Kong Branch)
　　　　　9 Queen Victoria Street, Hong Kong.
印　　刷　中華商務聯合印刷（香港）有限公司
　　　　　香港九龍炮仗街七十五號
版　　次　1982年8月香港第一版第一次印刷
定　　價　港幣十二元
國際書號　ISBN 962·04·0184·0

1979年9月《雕虫纪历》初版本

人民文学出版社

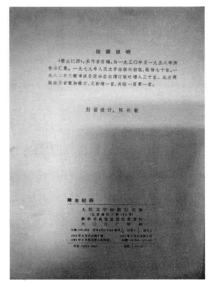

1984 年 6 月《雕虫纪历》再版本

人民文学出版社

目　录

第五辑

题记

　　多承书店不弃，可以这样说，答应印我的所谓诗者，这已是第四次，可是这本小书的出版也许还要算我的第一次示众。只登预告，只发表题记，倒自有其好处，出书瘾也算过了，胡诌的东西又可以不借手他人，而由自己让时间去淘汰。尤其从去年年底因为要与朋友何其芳李广田凑一本《汉园集》（现在商务，尚未出版）把内容较为调和的一部分抽去了以后，更想任一切都石沉大海了。现在却有一个意外的机会又要我把这些贱骨头捞出来，仿佛孽缘未尽，活该显丑。缘，实际上倒真有一点，是一笔小债，但并非如去年生活出版《我与文学》中我那篇《印诗小记》上所说的"诗债"，那是印错的，我并未欠什么任什么"诗债"，我的意思倒是"书债"，当时写的是"宿债"，因为屡次宣传出书，朋友们要，答应了又不能送，仿佛欠了债，其实无所谓。但自从写了那篇小记后，我倒为了这些小玩意儿欠了一小笔钱债。现在这笔小债就成了一口网，一口怪网，大约如蜘网可以捞露珠。捞出来的说得好听是"鱼目"，其实没有那么纯，也无非泥沙杂拾而已。想像到这儿，我仿佛站在一片潮退后的海滩上。

一九三五年十月九日卞之琳记

最近忽然又写了几首诗，索性连同今年早先写就的二三首一起收在这里，作为第一辑。这些算是新作，但搁过几时自己再看到，当又觉得生疏了。

十月底补记

第一辑

圆宝盒 ①

我幻想在哪儿（天河里？）②

捞到了③一只圆宝盒，

装的是几颗珍珠：

一颗晶滢的水银

掩有全世界的色相，④

一颗金黄的灯火⑤

笼罩有一场华宴，⑥

一颗新鲜的雨点⑦

含有你昨夜的叹气…⑧

别上什么钟表店

听你的青春被蚕食，

别上什么骨董铺

---

① 此诗发表于《文学季刊》（北平）1935年第2卷第4期，第972页。1942年版《十年诗草》，1982年及1984年版《雕虫纪历》收入此诗。1979年版《雕虫纪历》未收入此诗。

② 初刊本此句为"我在夏夜的天河里"。

③ 初刊本无"了"。

④ 初刊本此处标点为"；"。

⑤ 初刊本"灯火"为"灯光"。

⑥ 初刊本此处标点为"；"。

⑦ 初刊本"雨点"为"雨滴"。

⑧ 1982年版《雕虫纪历》此处标点为"……"。

买你家祖父的旧① 摆设。

你看我的圆宝盒②

跟了我的船顺流

而行了，虽然舱里人

永远在蓝天的怀里，③

虽然你们的握手

是桥——是桥！可是桥

也搭在我的圆宝盒里；

而我的圆宝盒在你们

① 初刊本"旧"为"小"。
② 初刊本此句及以下部分为：
来向夏夜的天河里
捞他一只圆宝盒…
我的圆宝盒却跟了
我的船顺流而行了，
虽然舱里人永远在
蓝天的怀里；而
你们的握手是桥，
是桥！而桥也搭在
我的圆宝盒里，我的
圆宝盒在你们或者
在在（注：原文如此）们，也许，也就是
好挂在耳边的一颗
珍珠。——宝石？——星？

　　七月八日。
③1982年版及1984年版《雕虫纪历》此处有注①。内容为：
一九三四年春天我曾写过一首诗，早作废，从未发表，结尾三行，可供参考：
让时间作水吧，睡榻作舟，
仰卧舱中随白云变幻，
不知两岸桃花已远。

或他们也许① 就是

好挂在耳边的一颗

珍珠——宝石？——星？

七月八日 ②

---

①1942 年版《十年诗草》、1984 年版《雕虫纪历》此处有"也"。
②1942 年版《十年诗草》诗末无写作时间。

航海①

轮船向东方直航了一夜，
大摇大摆的拖着一条尾巴，
骄傲地请② 旅客对一对表——
"时间落后了，差一刻。"
说话的茶房大约是好胜的，
他也许还记得童心的失望——
从前院到后院和月亮赛跑。③

这时候睡眼朦胧的多思者
想起在家乡认一夜的长度
于窗槛上一段蜗牛的银迹——
"可是这一夜却有二百浬④ ？"

十月二十六日⑤

---

①1942年版《十年诗草》收入此诗，无改动。1979年版《雕虫纪历》未收入此诗。1982年及1984年版《雕虫纪历》收入此诗。

②1982年版及1984年版《雕虫纪历》"请"为"要"。

③1982年版及1984年版《雕虫纪历》此小节与下一小节合为一节。

④1982年版及1984年版《雕虫纪历》"浬"为"海里"。

⑤1982年版及1984年版《雕虫纪历》写作时间分别为"十月二十六日——一九三五年""十月二十六日（1935）"。

音尘 ①

绿衣人熟稔地按门铃

就按在住户的心上：

是游过黄海来的鱼？

是飞过西伯利亚来的雁？

"翻开地图看，"远人说。

他指示我他所在的地方

是那条虚线旁那个小黑点。②

如果那是金黄的一点，

如果我的坐椅是泰山顶，

在月夜，我要猜你那儿

准是一个狐独的火车站。

然而我正对一本历史书。

西望夕阳里的咸阳古道，

---

① 1942 年版《十年诗草》，1979 年版、1982 年版及 1984 年版《雕虫纪历》收入此诗，内容与初版本相同。

② 1979 年版、1982 年版及 1984 年版《雕虫纪历》此小节与下一小节合为一节。

我等到了一匹快马的蹄声。

十月二十六日 ①

寂寞①

乡下小孩子怕寂寞，

枕头边养一只蝈蝈；

长大了在城里操劳，

他买了一个夜明表。

小时候他常常羡艳，②

墓草做蝈蝈的家园；

如今他死了三小时，

夜明表还不曾休止。

十月二十六日

①1942年版《十年诗草》，1979年版、1982年版及1984年版《雕虫纪历》收入此诗。

②1942年版《十年诗草》，1979年版、1982年版及1984年版《雕虫纪历》删除"，"。

断章①

你站在桥上看风景，
看风景人在楼上看你。

明月装饰了你的窗子，
你装饰了别人的梦。

十月？日②

---

①1942年版《十年诗草》，1979年版、1982年版及1984年版《雕虫纪历》收入此诗。
②1942年版《十年诗草》无写作时间；1979年版、1982年版及1984年版《雕虫纪历》写作时间为"十月"。

归 ①

像一个天文家离开了望远镜，

从 ② 热闹中出来问 ③ 自己的足音。

莫非在自己圈子外的圈子外？

伸向黄昏去的路像一段灰心。

一月？日 ④

---

① 此诗发表于《益世报》（天津版）1935 年 5 月 1 日〔0011〕版。1942 年版《十年诗草》收入此诗，除了删除诗末写作时间外，其余内容并无改动。1979 年版《雕虫纪历》未收入此诗。1982 年版及 1984 年版《雕虫纪历》此诗内容改动非常大，修改稿全诗内容如下：

归

像观察繁星的天文家离开了望远镜，

热闹中出来听见了自己的足音。

莫非在外层而且脱出了轨道？

伸向黄昏的道路像一段灰心。

一月

② 初刊本无"从"。

③ 初刊本"问"为"听见"。

④ 初刊本无写作时间。

距离的组织

想独上高楼读一遍"罗马衰亡史,"①

忽有罗马灭亡星出现在报上。②

报纸落。地图开,因想起远人的嘱咐。

寄来的风景③也暮色苍茫了。

(醒来天欲暮,无聊,一访友人吧。④)

灰色的天。灰色的海。灰色的路。⑤

哪儿了?我又不会向灯下验一把土。⑥

忽听得一千重门外有自己的名字。

---

①1942年版《十年诗草》"," 置于引号外;1979年版、1982年版及1984年版《雕虫纪历》此处双引号为书名号。

②1979年版、1982年版及1984年版《雕虫纪历》此处有注释"①",注释内容为"1934年12月26日《大公报》国际新闻伦敦25日路透电:'两星期前索佛克业余天文学者发现北方大力星座中出现一新星,兹据哈华德观象台纪称,近两日内该星异常光明,估计约距地球一千五百光年,故其爆发而致突然烂灿,当远在罗马帝国倾覆之时,直至今日,其光始传至地球云。'这里涉及时空的相对关系。";1982年版《雕虫纪历》注释内容中的"1934年12月26日"为"一九三四年十二月二十六日"。

③1979年版、1982年版及1984年版《雕虫纪历》此处有注释"②",注释内容为"'寄来的风景'当然是指'寄来的风景片'。这里涉及实体与表象的关系。"。

④1979年版、1982年版及1984年版《雕虫纪历》此处有注释"③",且添加双引号,注释内容为"这行是来访友人(即末行的'友人')将来前的内心独白,语调戏拟我国旧戏的台白。"。

⑤1979年版、1982年版及1984年版《雕虫纪历》此处有注释"④",注释内容为"本行和下一行是本篇说话人(用第一人称的)进入的梦境。"。

⑥1979年版、1982年版及1984年版《雕虫纪历》此处有注释"⑤",注释内容为"1934年12月28日《大公报》的《史地周刊》上《王同春开发河套讯》:'夜中驰驱旷野,偶然不辨在什么地方,只消抓一把土向灯一瞧就知道到了哪里了。'";1982年版《雕虫纪历》注释内容中的"1934年12月28日"为"一九三四年十二月二十八日"。

好累呵 ① ！我的盆舟没有人戏弄吗？ ②

友人带来了雪意和五点钟。 ③

附注 ④

第二行　民国二十三年十二月二十六日大公报国际新闻伦敦二十五日路透电：两星期前索佛克业余天文学者发现北方大力星座中出现一新星，兹据哈华德观象台纪称，近两日内该星异常光明，估计约距地球一千五百光年，故其爆炸而致突然烂灿，当远在罗马帝国倾覆之时，直至今日，其光始传至地球云。

第七行　民国二十三年十二月二十八日大公报史地周刊王同春开发河套记：夜中驰驱旷野，偶然不辨在什么地方，只消抓一把土向灯一瞧就知道到了哪里了。

第九行　聊斋志异白莲教：白莲教某者 ⑤ 山西人也，忘

---

① 1979年版、1982年版及1984年版《雕虫纪历》"呵"为"啊"。

② 1979年版、1982年版及1984年版《雕虫纪历》此处有注释"⑥"，注释内容为《聊斋志异》的《白莲教》篇：白莲教某者山西人也，忘其姓名，某一日，将他往，堂上置一盆，又一盆覆之，嘱门人坐守，戒勿启视。去后，门人启之。视盆贮清水，水上编草为舟，帆樯具焉。异而拨以指，随手倾侧，急扶如故，仍覆之。俄而师来，怒责'何违我命！'门人力白其无。师曰，'适海中舟覆，何得欺我！'，这里从幻想的形象中涉及微观世界与宏观世界的关系。"

③ 1979年版、1982年版及1984年版《雕虫纪历》此处有注释"⑦"，注释内容为"这里涉及存在与觉识的关系。但整诗并非讲哲理，也不是表达什么玄秘思想，而是沿袭我国诗词的传统，表现一种心情或意境，采取近似我国一折旧戏的结构方式。"

④ 1942年版《十年诗草》删除附注，但诗末写作时间为"一月九日，一九三五"；1979年版及1984年版《雕虫纪历》附注放在脚注中，并改动了个别文字。

⑤ 1982年及1984年版《雕虫纪历》此处有"，"。

其姓名，① 一日，将他往，堂上置一盆，又一盆覆之，嘱门人坐守② 戒勿启视。去后，门人启之，视盆贮清水，水上编草为舟，帆樯具焉。异而拨以指，随手倾侧。急扶如故。③仍覆之，④俄而师来，责⑤"何违吾命。⑥"门人力白其无。师曰，"适海中舟覆，何得欺我！"⑦

一月九日

---

① 1982 年版《雕虫纪历》此处标点为"……"；1984 年版《雕虫纪历》此处标点为"…"；1979 年版、1982 年版及 1984 年版《雕虫纪历》后面"一日"为"某一日"。

② 1979 年版、1982 年版及 1984 年版《雕虫纪历》此处有"，"。

③ 1979 年版、1982 年版及 1984 年版《雕虫纪历》此处标点为"，"。

④ 1979 年版、1982 年版及 1984 年版《雕虫纪历》此处标点为"。"。

⑤ 1979 年版、1982 年版及 1984 年版《雕虫纪历》"责"为"怒责"。

⑥ 1979 年版、1982 年版及 1984 年版《雕虫纪历》此处标点为"！"。

⑦ 1979 年版、1982 年版及 1984 年版《雕虫纪历》此句后添加"这里从幻想的形象中涉及微观世界与宏观世界的关系。"。

第二辑

叫卖①

可怜门里那小孩，

妈妈不准他出来，②

让我来再喊两声，③

　小玩意儿，

　好玩意儿…④

唉！又叫人哭一阵。

①1979 年版、1982 年版及 1984 年版《雕虫纪历》收入此诗。
②1979 年版、1982 年版及 1984 年版《雕虫纪历》此处标点为"。"。
③1979 年版、1982 年版及 1984 年版《雕虫纪历》此处标点为"："。
④1979 年版及 1984 年版《雕虫纪历》此处标点为"！…"；1982 年版此处标点为"！……"。

过节①

叫我哪儿还得② 了这许多，③

你来要账，他也来要账！

门上一阵响，又一阵响。

账条吗，别在桌子上笑我，

反正也经不起一把烈火。

管他！④ 到后院去看月亮。⑤

---

① 此诗发表于《国民杂志》(北京)1941年第2期，第26页。1979年版、1982年版及1984年版《雕虫纪历》收入此诗。

② 初刊本无"得"。

③ 初刊本此句开头空两格。

④ 初刊本此处标点为"，"。

⑤1979年版、1982年版及1984年版《雕虫纪历》此处有注释"①"，注释内容为"旧俗中秋是赏月佳节，也是店铺结账、讨账时节。"。

苦雨①

茶馆老王懒得没开门；

小周躲在屋檐下等候，

隔了空洋车一排檐溜。

一把伞拖来了一个老人——②

"早啊，今天还想卖烧饼？"

"卖不了什么也得走走。"

---

① 此诗发表于《朔风》（北京1938）1939年第6期，第36页。初版本与初刊本内容相同。1979年版、1982年版及1984年版《雕虫纪历》收入此诗。

②1979年版、1982年版及1984年版《雕虫纪历》"——"为"："。

墙头草 ①

五点钟贴一角夕阳，②

六点钟挂半轮灯光，

想有人把所有的日子 ③

就过在做做梦，看看墙，

墙头草长了又黄了。

① 此诗发表于《国民杂志》（北京）1941 年第 2 期，第 30 页。1942 年版《十年诗草》收入此诗，诗末有写作时间"十月十九日一九三二"，其他内容与初版本相同。1979 年版、1982 年版及 1984 年版《雕虫纪历》收入此诗，内容与初版本相同，但 1979 年版及 1984 年版《雕虫纪历》有写作时间"十月十九日（1932）"，1982 年版则为"十月十九日——一九三二年"。

② 初刊本"夕阳"为"斜阳"，且此句开头空两格。

③ 初刊本此处有"，"。

第三辑

奈何 ①

黄昏与一个人的对话 ②

"我看见你乱转过 ③ 几十圈的 ④ 空磨，

看见你尘封座上的菩萨也 ⑤ 做过，

你 ⑥ 叫床铺把你的 ⑦ 半段身体托住 ⑧

也好久了，现在你要干什么呢？"

"真的，我要干什么呢？" ⑨

"你该知道的 ⑩ 吧 ⑪，我先是在街路边，

不知怎的，回到了更 ⑫ 清冷 ⑬ 的庭院，

---

① 此诗发表于《诗刊》1931 年第 3 期，第 60—61 页，发表时标题为《黄昏》。1942 年版《十年诗草》收入此诗，与初版本内容相同，无改动。1979 年版《雕虫纪历》未收入此诗。1982 年及 1984 年版《雕虫纪历》收入此诗。

② 初刊本无此句；1982 年版及 1984 年版《雕虫纪历》此句为"（黄昏和一个人的对话）"。

③ 1982 年版及 1984 年版《雕虫纪历》此处有"了"。

④ 1982 年版及 1984 年版《雕虫纪历》无"的"。

⑤ 初刊本"也"为"如"。

⑥ 1982 年版及 1984 年版《雕虫纪历》删除"你"。

⑦ 初刊本"的"为"底"。

⑧ 初刊本此处有"，"。

⑨ 初刊本、1982 年版及 1984 年版《雕虫纪历》此句以下部分为第二节内容。

⑩ 1982 年版及 1984 年版《雕虫纪历》删除"的"。

⑪ 初刊本"吧"为"罢"。

⑫ 初刊本"回到了"为"走进了"；1982 年版及 1984 年版《雕虫纪历》"更"为"更加"。

⑬ 初刊本"清冷"为"冷清"。

又到了屋子里，又^①挨近了墙跟前，

你替我想想看：^②我哪儿去好呢？"

"真的，你哪儿去好呢？"

①1982 年版及 1984 年版《雕虫纪历》"又"为"重新"。

②初刊本、1982 年及 1984 年版《雕虫纪历》此处标点为","。

群鸦 ①

啊，冷北风里的群鸦，

　哪儿去，哪儿去，

哪儿是你们底 ② 老家？

啊，冷北风里的群鸦

　落叶似的 ③ 盘旋，

要降下了又不降下。④

啊，冷北风里的群鸦，

　活该！你们领着

惨淡的寒天 ⑤ 来干吗？⑥

---

① 此诗发表于《诗刊》1931 年第 2 期，第 36—37 页。1979 年版《雕虫纪历》收入此诗。1982 年版及 1984 年版《雕虫纪历》收入此诗。

② 1982 年及 1984 年版《雕虫纪历》"底"为"的"。

③ 初刊本"的"为"地"。

④ 初刊本此句为"像要降下，又不降下。"。

⑤ 1982 年版及 1984 年版《雕虫纪历》"寒天"为"冬天"。

⑥ 初刊本此节下面还有一小节，为：

啊，冷北风里的群鸦，

假如我是死尸，

我请客，没有半句话。

啊，冷北风里的群鸦，
　　也罢，给我衔去，①
衔去我扔掉的残花！

啊，冷北风里的群鸦②
　　飘远了，一点点
消失在苍茫的天涯。

① 初刊本此句为"好，给我衔去罢，"。
② 初刊本此处有"，"。

噩梦 [1]

我仿佛出来看一位朋友。

我推开了一间 [2] 小屋的 [3] 门。

啊，真叫人难受，这阵霉臭！

桌上有一盏将灭的油灯，

灯前我那 [4] 位朋友，一双手

撑着头，见了我也不作声。

奇怪！我为甚一阵阵的 [5] 抖？

啊，你瞧，地是这样的 [6] 湿润，

好像出的汗，在砖缝里流！

啊，你瞧，这边那边的墙根 [7]

贴着一层深绿，一层深绿，

不是纸呵，是霉痕，是霉痕！ [8]

---

[1] 此诗发表于《诗刊》1931 年第 2 期，第 81—82 页。1942 年版《十年诗草》，1979 年版、1982 年版及 1984 年版《雕虫纪历》未收入此诗。

[2] 初刊本"间"为"所"。

[3] 初刊本"的"为"底"。

[4] 初刊本"那"为"这"。

[5] 初刊本"的"为"地"。

[6] 初刊本"的"为"地"。

[7] 初刊本此处有"，"。

[8] 初刊本"！"为"，"。

啊，深绿围绕在我的^① 四周——^②

（啊，我的四周有被的微温！ ^③）

---

① 初刊本"的"为"底"。
② 初刊本此处标点为"……"。
③ 初刊本此句为"呵，我底四周有被底微温！"。

黄昏 ①

闷人的房间

渐渐，又渐渐

　　小了，又小，

缩得像一所

半空的坟墓——

　　啊，怎么好！

幸亏有寒鸦

拍落几个"哇"

　　跟随了风，

①1979年版、1982年版及1984年版《雕虫纪历》未收入此诗。卞之琳有一首同名诗发表于《诗刊》1931年第3期，第60—61页，全诗如下：

"我看见你乱转过几十圈的空磨，
看见你尘封座上的菩萨如做过，
你叫床铺把你底半段身体托住，
也好久了，现在你要干什么呢？"
"真的，我要干什么呢？"

"你该知道的罢，我先是在街路边，
不知怎的，走进了更冷清的庭院，
又到了屋子里，又挨近了墙跟前，
你替我想想看，我哪儿去好呢？"
"真的，你哪儿去好呢？"

敲颤了窗纸，

我劲儿一使，

　　推开了梦。

炉火饿死了，

昏暗把持了

　　一屋冷气，

我四顾苍茫，

像在荒野上

　　不辨东西，

乃头儿低着，

酸腿儿提着，

　　踱去踱来，

不知为什么

呕出了一个

　　乳白的"唉。"

傍晚

倚着西山的夕阳①

和呆立着的庙墙②

对望着：想要说什么呢？

怎又不说呢？

驮着老汉的瘦驴

匆忙地③赶回家去，

忒忒的，足蹄敲着道儿——④

枯涩的调儿！

半空里哇的一声⑤

一只乌鸦从树顶

飞起来，可是没有话了，

依旧息下了。

①1979 年版、1982 年版及 1984 年版《雕虫纪历》此处有 "，"。
②1979 年版、1982 年版及 1984 年版《雕虫纪历》此句为 "站着要倒的庙墙，"。
③1942 年版《十年诗草》，1979 年版、1982 年版及 1984 年版《雕虫纪历》"地" 为 "的"。
④1979 年版、1982 年版及 1984 年版《雕虫纪历》此句为 "脚蹄儿敲打着道儿——"。
⑤1979 年版、1982 年版及 1984 年版《雕虫纪历》此处有 "，"。

寒夜①

一炉火。一屋灯光。

　　老陈捧着个茶杯，

对面坐的是老张。

老张衔着个烟卷。②

　　老陈喝完了热水。

他们（眼皮已半掩）

看着青烟飘荡的③

　　消着，又（像④带着醉）

看着煤块很黄⑤的⑥

烧着，哦，他们昏昏⑦

---

① 此诗发表于《诗刊》1931 年第 2 期，第 87—88 页。1942 年版《十年诗草》收入此诗，诗末有写作时间"一九三〇"，且全诗每行均左对齐，无空格。

② 初刊本此处标点为"；"。

③ 初刊本"的"为"地"；初刊本、1979 年版、1982 年版及 1984 年版《雕虫纪历》此小节与下一小节合为一节。

④1979 年版及 1984 年版《雕虫纪历》"像"为"象"。

⑤1979 年版、1982 年版及 1984 年版《雕虫纪历》"很黄"为"黄亮"。

⑥ 初刊本"的"为"地"。

⑦1979 年版、1982 年版及 1984 年版《雕虫纪历》此句为"烧着，他们是昏昏"。

沉沉的，像^①已半睡…^②

当！哪儿来的钟声？^③

又一下，再来一下…^④

　　沙沙，^⑤有人在院内

跑着，"下雪了，真大！"

①1979年版及1984年版《雕虫纪历》"像"为"象"。

②初刊本及1982年版《雕虫纪历》"…"为"……"。

③1979年版、1982年版及1984年版《雕虫纪历》此句为"哪来的一句钟声？"。

④初刊本此句为"听，两下，三下，四下……"；1982年版《雕虫纪历》"…"为"……"。

⑤1979年版、1982年版及1984年版《雕虫纪历》"沙沙"为"什么"。

第四辑

新秋 ①

我道是谁呀，
灰淡的白云下
轻轻打着哨，
摸摸墙头草
又拉拉牵牛花，
一见我便溜，
那么样害羞！

原来是你呵，
一夜雨刚停住，
我还在床上，
你早来唱唱
又摇摇那小树，
等我走出来，
一笑又走开。

---

① 1942 年版《十年诗草》，1979 年版、1982 年版及 1984 年版《雕虫纪历》未收入此诗。

还只三天呢，

就跟我这样熟，

倚在我身边

看我学抽烟，

你倒像很寂寞，

陪你玩也好，

你可不要老。

海愁 ①

记得我告别大海，
　　她把我摇摇：
"去吧，一睡就远了，
　　游大陆也好。

"不见我也不用怕，
　　如果你生病，
朋友也不在身边，
　　告我，托白云。

"记好，我总关心你，
　　一定向蓝天
放出一小叶银帆
　　航到你窗前。"

如今我真想老家，

---

① 1942 年版《十年诗草》，1979 年版、1982 年版及 1984 年版《雕虫纪历》未收入此诗。

我埋怨白云；

他告我："秋天到了，

大海也生病。"

胡琴 ①

秋风里

冷静的街头

咿咿呀呀的一阵

胡琴的哀愁

低诉与

脚踏落叶的行人。

不说话，

一个青年在

带些胡琴拉小调，

想叫哪个来

买一把，

有空好唱"笼中鸟"。

我仅走，

不想买胡琴，

痴看衰草在墙上，

---

① 1942 年版《十年诗草》，1979 年版、1982 年版及 1984 年版《雕虫纪历》未收入此诗。

寒鸦在树顶，

想寻求

算命小锣的当当

落 ①

在你呵，似曾相识的知心，

在你的眼角里，一颗水星 ②

我发现了，像是在黄昏天，③

当 ④ 秋风已经在道 ⑤ 上走厌，⑥

嘘着长气，倚着一丛芦苇，⑦

天心里含着的摇摇欲坠 ⑧

摇摇欲坠的孤泪。我真愁，

怕它掉下来向湖心里 ⑨ 投，⑩

---

① 此诗初刊于《创化》1932 年第 1 卷第 3 期，第 115 页，诗末有写作时间 "一九三一年六月至八月"。1942 年版《十年诗草》，1982 年版及 1984 年版《雕虫纪历》此诗末尾有写作时间，分别为 "一九三一" "——一九三一年" "1931 年"。1979 年版《雕虫纪历》未收入此诗。

② 初刊本此句开头空两格，且 "的" 为 "底"。

③ 1982 年版及 1984 年版《雕虫纪历》"像是在黄昏天，" 为 "像是（正逢黄昏天"。

④ 1982 年版及 1984 年版《雕虫纪历》无 "当"。

⑤ 1982 年版及 1984 年版《雕虫纪历》"道" 为 "园径"。

⑥ 初刊本此句开头空两格。

⑦ 1982 年版及 1984 年版《雕虫纪历》此句为 "嘘一口长气，倚一丛芦苇）"。

⑧ 初刊本此句开头空两格，且句末有标点 "，"。

⑨ 1982 年版及 1984 年版《雕虫纪历》"里" 为 "直"。

⑩ 初刊本此句开头空两格。

那不要紧，可是我的平静——①

唉，真掉下了我这颗命运！②

---

① 初刊本此句"的"为"底"，"——"为"。"；1982 年版及 1984 年版《雕虫纪历》此句为"你想说不要紧？可是平静——"。

② 初刊本此句开头空两格。

倦 ①

忙碌的蚂蚁上树，

蜗牛寂寞地僵死在窗槛上

看厌了，看厌了，②

知了，知了只叫人睡觉。

蟪蛄不知春秋，③

可怜虫亦④可以休矣！

至多像残余的烟蒂头⑤

在绿苔地上冒一下蓝烟吧。

被时光遗弃的华梦

该闭在倦眼的外边了。

---

① 此诗发表于《大公报》(天津) 1933 年 9 月 23 日〔0012〕版，诗末有写作时间"八月二十六日"。
1979 年版《雕虫纪历》未收入此诗。

② 1942 年版《十年诗草》，1982 年版及 1984 年版《雕虫纪历》此处标点为"；"。

③ 初刊本此句前后有双引号。

④ 1982 年版及 1984 年版《雕虫纪历》无"亦"。

⑤ 1942 年版《十年诗草》，1982 年版及 1984 年版《雕虫纪历》此句至以下三句为：

华梦的开始吗？烟蒂头

在绿苔地上冒一下蓝烟？（1942 年版《十年诗草》"蓝烟"后有"吧"）

入梦①

设想你自己在小病中

（在秋天的下午）

望着玻璃窗片上

灰灰的天与疏疏的树影，

枕着一个远去了的人

留下来的旧枕，

想着枕上依稀认得清的

淡淡的湖山

仿佛旧主的旧梦的遗痕，

仿佛风流云散的

旧友的渺茫的行踪，

仿佛往事在褪色的素笺上

正如历史的陈迹在灯下

老人面前昏黄的古书中…②

你不会迷失吗

在梦中的烟水？

---

　　①1942年版《十年诗草》，1979年版《雕虫纪历》未收入此诗。1982年版及1984年版《雕虫纪历》收入此诗，且诗末有写作时间，分别为"十一月十二日——一九三三年""十一月十二日（1933）"，其余内容都与初版本相同。
　　②1982年版《雕虫纪历》此处标点为"……"。

发烧夜 ①

真想说"我的心和表竞赛呢。"

伤了风，黄昏中又从东去

回东来，② 凭两条热腿

空兜了一圈春晚的半寒风，

为什么眼红了？鼻酸吧——

可是电灯，电灯，电灯你恼人！

也总是寂寞，你不会对人说吗？ ③

（当你要朦胧睡去了）——④

"亲爱的，我到底，唉，到底

不能够陪你听我的鼾声，唉。"⑤

---

① 此诗发表于《大公报》（天津）1934 年 4 月 18 日〔0012〕版，发表时标题为《发烧夜 Rhapsody》，诗末有写作时间"四月九，夜半。"。1942 年版《十年诗草》，1979 年版、1982 年版及 1984 年版《雕虫纪历》未收入此诗。

② 初刊本此处无标点。

③ 初刊本无"吗？"。

④ 初刊本无"——"。

⑤ 初刊本句号置于引号外。

再设想有人暗地里半问你
不知谁寄来了几朵鲜花，
你听了，拍拍衣袖上的灰土说
"花开了？我还以为太早呢。"①

两难是真的：心情跑过了年龄
又落到后面来，差这么多②：
明白人吟味着人病则思父母，
怎么？又仿佛小孩子喊了哥，
意想说"我的心和表竞赛呢。"③

得，得，得，都该歇息了，
"睡吧，一切的希望，
睡吧，一切的酸辛"④——
不管是谁吧给谁唱了摇篮歌，
枕上表上有一声"硬面饽饽。"

---

① 初刊本句号置于引号外。
② 初刊本"差这么多"为"差了这么远"。
③ 初刊本句号置于引号外。
④ 初刊本此处有注释"X"，注释内容置于诗末，为"原文见魏尔伦'智慧'集：Dormej, tout espoir / Dormej, touteenvie！"。

第五辑

酸梅汤 ①

可不是？ ② 这几杯酸梅汤

怕 ③ 没有人要喝了，我想，

你得带回家去，到明天

下午再来吧；不过一年

到底过了半了，快又是

在这儿街边上，摆些柿 ④

摆些花生的时候了。…⑤ 哦，

今年这儿的柿，一颗颗

总 ⑥ 还是那么红，那么肿， ⑦

花生和去年的总也同， ⑧

一样黄 ⑨，一样瘦。我问你，

---

① 此诗发表于《新月》1932年第4卷第3期，第80—81页。1942年版《十年诗草》未收入此诗。

② 1979年版、1982年版及1984年版《雕虫纪历》此处有"你"。

③ 1979年版、1982年版及1984年版《雕虫纪历》"怕"为"只怕"。

④ 1979年版、1982年版及1984年版《雕虫纪历》此处有"，"。

⑤ 初刊本"…"为"……"；1979年版、1982年版及1984年版《雕虫纪历》删除"…"。

⑥ 1979年版、1982年版及1984年版《雕虫纪历》"总"为"想必"。

⑦ 初刊本此处标点为"；"。

⑧ 1979年版、1982年版及1984年版《雕虫纪历》此句为"花生就和去年的总是同"。

⑨ 1979年版、1982年版及1984年版《雕虫纪历》"黄"为"黄瘦"。

（老头儿，倒像①生谁的气，

怎么你老不作声？）你说，

有什么不同吗？哈，不错，

只有你头上倒是在变，

一年比一年白了。②…③你看，

树叶掉在④杯里了。⑤哈哈，

老李，你也醒了，⑥树荫下

睡睡觉真有趣，⑦你再睡

半天，保你有树叶作被。⑧

⑨哪儿去，先生，要车不要？

⑩不理我，谁也不理我！⑪好，

走吧。…这儿倒有一大枚⑫，

喝掉它！⑬老头儿，来一杯。

---

①1979年版《雕虫纪历》和1984年版《雕虫纪历》"像"为"象"。

②初刊本此句为"一年白似一年了。"。

③初刊本和1982年版《雕虫纪历》"…"为"……"。

④1979年版、1982年版及1984年版《雕虫纪历》此处有"你"。

⑤初刊本、1979年版、1982年版及1984年版《雕虫纪历》此处有"——"。

⑥1979年版、1982年版及1984年版《雕虫纪历》","为"。"。

⑦1979年版、1984年版《雕虫纪历》","为";"，且1979年版、1982年版及1984年版《雕虫纪历》"真有趣"前有"可"。

⑧1979年版、1982年版及1984年版《雕虫纪历》此处有"——"。

⑨初刊本此处有"——"。

⑩初刊本此处有"——"。

⑪初刊本此处标点为"。"。

⑫1979年版、1982年版及1984年版《雕虫纪历》此处有注释"①"，注释内容为"当时北平单铜板（十分钱）已少见，通用双铜板，叫'大枚'。"；初刊本和1982年版《雕虫纪历》"…"为"……"。

⑬初刊本此处标点为"！——"；1979年版、1982年版及1984年版《雕虫纪历》此处有"得，"。

① 今年再喝一杯酸梅汤，

最后一杯了。…② 啊哟，好凉！

一九三一 ③

---

① 初刊本此处有"——"。
② 1982 年版《雕虫纪历》"…"为"……"。
③ 初刊本写作时间为"一九三一年九月初";1979 年版及 1984 年版《雕虫纪历》写作时间为"1931";
1982 年版《雕虫纪历》写作时间为"——一九三一年"。

中南海 ①

听市声远了，像江潮

环抱在孤山的脚下，

隐隐的，隐隐的，

比不上

满地的虫声像雨声，

更比不上

满湖荷叶上的雨声像风声，②

——啊，③ 轻轻的，轻轻的，

芦叶上涌来了秋风了！

我不学沉入回想的痴儿女

坐在长椅上

惋惜身旁空了的位置，④

---

① 1942年版《十年诗草》，1979年版《雕虫纪历》未收入此诗。
② 1982年版及1984年版《雕虫纪历》此处标点为"——"。
③ 1982年版及1984年版《雕虫纪历》无"——啊，"。
④ 1982年版及1984年版《雕虫纪历》此处标点为"。"。

可是总觉得丢了什么了，①

——② 到底丢了什么呢，

丢了什么呢？

我要问你钟声啊，

你仿佛微云，沉一沉，

荡过天边去。

---

①1982 年版及 1984 年版《雕虫纪历》此处标点为"——"。

②1982 年版及 1984 年版《雕虫纪历》无"——"。

路过居 ①

路过居在什么地方

你们问也不容易问到，

路过的很多，

却不大有人留心到

门上

一块满面云雾的木匾，

虽然它一定看过

几代人走过了。

大家只知道，②

一条并不大

也并不荒凉的街上

有一家小茶馆：

一所小屋四个洞，

---

① 此诗发表于《清华周刊》1933年第39卷第5、6期，第473—475页。1942年版《十年诗草》未收入此诗。

② 初刊本此处无标点。

长的一个像^① 嘴，

常常吸进拭汗水的，

吐出伸懒腰的；

方的三个像^② 眼睛，

常常露出几个半身。

店主是谁

也不容易看出来，

里头的汉子

打扮

差不多全是一样，

衣服

也差不多全是一样

穿的蓝粗布，

到夏天

谁也赤膊；

而且有时候要水

这个去

那个也去

自动拿开壶。

---

① 1979 年、1984 年版《雕虫纪历》"像"为"象"。
② 1979 年、1984 年版《雕虫纪历》"像"为"象"。

他们平常是喝茶，

一边谈话；

有时候谈得

伸出大拳头锤桌子；

有时候大笑①

直笑得坐也喷② 不稳了，

叫板凳也跳了，

一碗茶泼倒了，

泼到了谁的③ 脚上了，

那么骂，那么打，④

打过了又哈哈的⑤ 笑了；

有时候有人拉胡琴，

几个人围着他，要他唱，

他要唱又不唱了。

有时候也冷清清，

也许有一个年老的

抽旱烟，

---

① 初刊本、1979 年版、1982 年版及 1984 年版《雕虫纪历》此小节与下一小节合为一节。

② 初刊本、1979 年版、1982 年版及 1984 年版《雕虫纪历》"喷"为"坐"。

③ 初刊本"的"为"底"。

④ 初刊本此句"么"为"末"。

⑤ 初刊本"的"为"地"。

坐 ① 出一口烟

又哼出一声长叹，

窗前

有一张 ② "白话实事报" ③

被一阵怪风赶去 ④ 了

追一片黄叶。

到黄昏，⑤

这儿也用电灯，

但只有一盏

而且很暗，

初看总以为

是仍然用油灯，

不过比别家小铺子

点得久。

在晚上

十一点光景

有时候还可以听到

① 初刊本、1979 年版、1982 年及 1984 年版《雕虫纪历》"坐"为"喷"。
② 初刊本此处有","。
③ 初刊本此处无双引号；1979 年版、1982 年版及 1984 年版《雕虫纪历》此处双引号为书名号。
④ 1979 年版、1982 年版及 1984 年版《雕虫纪历》"去"为"走"。
⑤ 1979 年版、1982 年版及 1984 年版《雕虫纪历》此处无标点。

有人在这儿

唱京调——

独自从市场回来的，

来得正好，你听：

"一马离了

西凉界…①"

一九三二②

---

①1982 年版《雕虫纪历》"…"为"……"。

②初刊本写作时间为"九月十三日，一九三二。";1979 年版、1982 年版及 1984 年版《雕虫纪历》删除写作时间。

西长安街 ①

长的是斜斜的淡淡的影子，

枯树的②，树下走着的老人的③

和④老人撑着的手杖的影子，

都在墙上，晚照里的红墙上，

红墙也很长，墙外的蓝天，

北方的蓝天也很长，很长。

啊！老人⑤，这道儿⑥你一定

觉得是长的，这冬天的日子

也觉得长吧？⑦是的，我相⑧信。

看，我也走近来了，真不妨

一路谈谈话儿，谈谈话儿呢⑨。

---

① 此诗发表于《诗刊》1932年第4期，第92—93页，发表时标题为《长的是——》。1942年版《十年诗草》收入此诗，标题为《长》。

② 初刊本"的"为"底"。

③ 初刊本"的"为"底"。

④ 初刊本"和"为"以及"。

⑤ 1979年版、1982年版及1984年版《雕虫纪历》"老人"为"老人家"。

⑥ 初刊本此处有"，"。

⑦ 初刊本"也觉得长吧？"为"你也觉得长罢？"。

⑧ 初刊本无"相"。

⑨ 初刊本"谈谈话儿呢"为"长的话儿啊"。

可是我们却一声不响，①

只跟着，跟着各人底影子②

走着，走着③…④

  走了多少年了，⑤

这些影子，这些长影子？

前进又前进，又前进又前进，

到了旷野上，开出长城去吗⑥？

仿佛有马号，是⑦一大队骑兵

在前进，面对着一大轮朝阳，

朝阳是每个人的红脸，马蹄

扬起了金尘，十丈高，二十丈⑧

什么也没有，我依然在街边，

也不见旧日的老人，两三个

黄衣兵站在一个大门前，

（这是司令部？当年⑨的什么府？）

---

① 初刊本此句为"可是我们，却尽是一声不响，"。

② 初刊本此句为"只是跟着，跟着各人的影子"；1942年版《十年诗草》此句为"只是跟着各人的影子"；1979年版、1982年版及1984年版《雕虫纪历》"底"为"的"。

③ 1979年版、1982年版及1984年版《雕虫纪历》此处有注释"①"，注释内容为"第一段作于二年前（1930）初冬，本独立为一首，留此续作前，作为回忆。"；1982年版《雕虫纪历》注释内容中的"1930"为"一九三〇"。

④ 初刊本及1982年版《雕虫纪历》"…"为"……"。

⑤ 初刊本及1942年版《十年诗草》无此句及以下所有内容。

⑥ 1979年版、1982年版及1984年版《雕虫纪历》无"吗"。

⑦ 1979年版、1982年版及1984年版《雕虫纪历》无"是"。

⑧ 1979年版、1982年版及1984年版《雕虫纪历》此处有"——"。

⑨ 1979年版、1982年版及1984年版《雕虫纪历》"当年"为"从前"。

他们像^①墓碑直立在那里，

不作声，不谈话，还思念乡土，

东北天底下的乡土？一定的！

可是这时候想也是徒然，

纵然想起这时候敌人的

几片战马到家园的井旁

去喝水了，这时候一群家鸡

到高粱田里去彷徨了，也想

哪儿是暂时的住家呢。拍拍！

什么？枪声！打哪儿来的？

土枪声！自家底^②！不怕，不怕！…^③

可是蟋蟀声早已浸透了

青纱帐，青纱帐早已褪色了！^④

你想吗，一点用处也没有了！

明天再想吧，这时候只好

不作声，不谈话。低下头来吧。

看汽车掠过长街的柏油道，

多"摩登，"多舒服！尽管威风

①1979年版《雕虫纪历》及1984年版《雕虫纪历》"像"为"象"。

②1979年版、1982年版及1984年版《雕虫纪历》"底"为"的"。

③1982年版《雕虫纪历》"…"为"……"。

④1979年版、1982年版及1984年版《雕虫纪历》此小节与下一小节合为一节。

可哪儿比得上从前的大旗

红日下展出满脸的笑容！

如果不相信，可以问前头

那三座大红门，如今怅望着

秋阳了。

　　啊！① 夕阳下我有

一个好② 朋友，他是在一所

更古老的城里，这时候怎样了？

说不定从一条荒街上走过，

伴着斜斜的淡淡的长影子？

告诉我你新到长安的印象吧，

（我身边仿佛有你底③ 影子）

朋友，我们不要学老人，

谈谈话儿吧…④

　　本篇成于二十一年秋天，第一段则作于十九年，本

独立为一篇，搁在这儿，作为回忆。⑤

---

①1979年版、1982年版及1984年版《雕虫纪历》"啊！"为"唔，"。

②1979年版、1982年版及1984年版《雕虫纪历》"好"为"老"。

③1979年版、1982年版及1984年版《雕虫纪历》"底"为"的"。

④1979年版及1984年版《雕虫纪历》此处标点为"。…"；1982年版《雕虫纪历》此处标点为
"。……"。

⑤1979年版、1982年版及1984年版《雕虫纪历》此处无写作背景，但在诗末有写作时间"九月
十一日"。

春城①

北京城：垃圾堆上放风筝，

描一只花蝴蝶，描一只鹞鹰

在马德里蔚蓝的天心，②

天如海，可惜也望不见您③哪

京都！④——

倒霉！又洗了一个灰土澡，

汽车，你游在浅水里，真是的，

还给我开什么玩笑？

对不住，这实在没有什么；

---

① 此诗发表于《文学季刊》（北平）1934 年第 1 卷第 3 期，第 56—57 页，诗末有写作时间"四月十一夜"。1942 年版《十年诗草》，1979 年版、1982 年版及 1984 年版《雕虫纪历》收入此诗。

② 初刊本此处有注释"X"，注释内容置于诗末，为"仿佛厨川白村说过北京天蓝如马德里。"；1979 年版、1982 年版及 1984 年版《雕虫纪历》此处有注释"①"，注释内容为"仿佛记得鹤见祐辅说过北京似马德里。"；1979 年版及 1982 年版《雕虫纪历》注释内容中的"鹤见祐辅"为"厨川白村"。

③1979 年版、1982 年版及 1984 年版《雕虫纪历》"您"为"你"。

④1979 年版、1982 年版及 1984 年版《雕虫纪历》此处有注释"②"，注释内容为"因想到我们当时的'善邻'而随便扯到，其实京都的天并不甚蓝，1935 年在那里住了以后才知道。"；1982 年版《雕虫纪历》注释内容中的"1935"为"一九三五"。

那才是胡闹（可恨可恨：）①
黄毛风搅弄大香炉，②

一炉千年的陈灰
飞，飞，飞，飞，飞，
飞出了马，飞出了狼，飞出了③虎，
满街跑，满街滚，满街号，
扑到你的窗口，喷你一口，
扑到你的屋角，打落一角，
一角琉璃瓦吧？——

"好家伙！真吓坏了我，倒不是，④
一枚炸弹——哈哈哈哈！"
"真舒服，春梦做得够香了不是？
拉不到人就在车磴上歇午觉，
幸亏瓦片儿倒还有眼睛。"
"鸟矢儿也有眼睛——哈哈哈哈。⑤"

---

① 初刊本此处为"（可恨可恨）："；1942 年版《十年诗草》此处为"（可恨可恨）；"；1979 年版、1982 年版及 1984 年版《雕虫纪历》此处为"（可恨，可恨）："。

② 1942 年版《十年诗草》，1979 年版、1982 年版及 1984 年版《雕虫纪历》此小节与下一小节合为一节。

③ 1942 年版《十年诗草》无"了"。

④ 初刊本，1942 年版《十年诗草》，1979 年版、1982 年版及 1984 年版《雕虫纪历》无"，"。

⑤ 初刊本，1942 年版《十年诗草》，1979 年版、1982 年版及 1984 年版《雕虫纪历》"。"为"！"。

哈哈哈哈，有什么好笑，

歇思底里，懂不懂？① 歇思底里！②

悲哉，悲哉！

真悲哉，小孩子也学老头子，

别看他人小，垃圾堆上放风筝，

他也会"想起了当年事…③"

悲哉，听满城的古木

徒然的大呼，

呼啊，呼啊，呼啊，

归去也，归去也，

故都，④ 故都奈若何！…⑤

我是一只断线的风筝，

碰到了怎能不依恋柳梢头，

你是我的家，我的坟，

要看你飞花，飞满城，

让我的形容一天天消瘦。⑥

---

①1979 年版、1982 年版及 1984 年版《雕虫纪历》"？"为","。

②1979 年版、1982 年版及 1984 年版《雕虫纪历》此句"思"为"斯"。

③ 初刊本及 1982 年版《雕虫纪历》"…"为"……"。

④1979 年版、1982 年版及 1984 年版《雕虫纪历》无","。

⑤ 初刊本、1982 年版《雕虫纪历》"…"为"……"。

⑥ 初刊本，1979 年版、1982 年版及 1984 年版《雕虫纪历》此句与下一句分为两小节，且初刊本此小节有引号。

那才是胡调^①，对不住；且看

北京城：垃圾堆上放风筝。

昨儿天气才真是糟呢，

老方到春来就怨天，昨儿更骂天

黄黄的压在头上像^② 大坟，

老崔说看来势真有点^③ 不祥，你看

漫天的土吧，说不定一夜睡了

就从此不见天日，要待多少年后

后世人的发掘吧，可是

今儿天气才真是好呢，

看街上花树也坐了独轮车游春，^④

春完了又可以红纱灯下看牡丹。

（他们这时候正看樱花吧？）

天上是鸽铃声——

蓝天白鸽，渺无飞机，

飞机看景致，我告诉你，

决不忍向琉璃瓦下蛋也…^⑤

---

①1979年版、1982年版及1984年版《雕虫纪历》"胡调"为"胡闹"。

②1979年版及1984年版《雕虫纪历》"像"为"象"，且1979年版、1982年版及1984年版《雕虫纪历》"头上"为"头顶上"。

③1942年版《十年诗草》"点"为"的"。

④1979年版、1982年版及1984年版《雕虫纪历》此处有注释"③"，注释内容为"北平春天街头常见为豪门送花的独轮车。"

⑤ 初刊本及1982年版《雕虫纪历》"…"为"……"。

北京城：垃圾堆上放风筝。

本篇作于北平的民国二十三年——日军逼境的第二年——春天。第一节说到马德里，因仿佛记得厨川白村说过北京似马德里。至于京都，则因想到我们的善邻而随便扯到，其实京都的天并不甚蓝，今年在那边住了以后才知道。　编后附记[①]

①1942 年版《十年诗草》，1979 年版、1982 年版及 1984 年版《雕虫纪历》无编后附记；1942 年版《十年诗草》诗末有写作时间"一九三四"。